Waltraud Holzer-Mitterhof

Begegnung

Gedichte

Waltraud Holzer-Mitterhof

Begegnung

Gedichte

Umschlag: Gaby Krawinkel handschriftlich:
die Buber'sche Übersetzung der Textstelle
Jes 43, 2b und 3a

Gesamtherstellung: Rahm-Drucktechnik
D-53567 Asbach/Ww.

zu beziehen durch: Theodor Kramer Gesellschaft
Engerthstr. 204/40
A-1020 Wien, office@theodorkramer.at

In Kooperation mit der Theodor Kramer Gesellschaft, Wien

ISBN (Österreich) 978-3-901602-77-1

Zum 90. Geburtstag
von Yaffa Zins

Nah

am Tscheremosch *

in Wehen

presste dich

heute

deine Mutter

ans Licht

wie viel Blut

um geboren zu werden

ein Mensch

wie viel Schmerz

und das erste

ein Schrei

und wie viele Schreie

ein Leben lang

niemand hört

und das Weinlaub

am Brunnen

warm wog

der Sommer

Weizen und Spreu
zogen herauf
und du lagst
an sicherer Brust
gestillt

alle
im Hause
freuten sich

der Wind
aber
zitterte schon

Was

Mutter Erde

haben wir

getan?

was

Himmel

deine Seele

riss dir auf

und schüttete aus

dein Herz

und schüttete aus

in Bächen

auf dein altes

Mutterhaus

an Yaffas Mutter Chaja

Hier

diese Gipfel

ein Karpatenblick

wie meine Heimat

Wälder Berge Flüsse

Galizien *

Brüder

alle Menschen

werden Brüder

Tochter

aus Elysium

hör ich

meinen Vater sagen

Freunde

überm Sternenzelt

jenen Funken

Gottes tragen

als sei

Licht die Welt

an Yaffas Vater Jaakov, einen großen Verehrer Friedrich Schillers

Ich aber

trage

meine toten

Kinder

mit

ich

aber

trage

unvergessen

vom Weizen

meines Sohnes

meiner Tochter

Schnitt

um Schnitt

ich kann

mein Brot

nie

ohne Tränen

essen

Am Abend

Epiphanie

geschah

schwarz golden

eine Kohle

stürzte auf

ein lautes Poltern

wie ein Grabstein

stand

leicht vorgeneigt

als wäre eine Hand

gekommen

in das Feuer

auf zu richten

im Kernschatten

geworfenes Gedenken

dein Buch

in meinen Händen

auf ge schlagen

Kindheit

in Rauch und Flammen

vor mir stand

die GrabInSchrift

Samiko Mordchelle

Isiko Mutter Chaja

am Abend

Epiphanie

geschah

am Vorabend

von meiner Mutter Tod

ein aufgerichtetes

ein eingebranntes Glühen

stand auf

im Feuer

meines Ofens

eine Hand

InSchriften

Namen

rot geädert

ziehen

ihr Lichtgewordenen

dem Frieden

eingebrannt

Auch
deine Ankunft
aus Galizien

verbrannte Mutter
Asche
deiner Brüder
ein Erbe
Israels
zu singen
Weihnachtslieder
Kränze
entzünden
alle Jahre
wieder
dein Erbe
Israel
wir alle
werden Brüder

und Schwestern
auch
deine Ankunft
Yaffa
aus Galizien

Ich nahm
die Zeit
in meine Arme

da stand sie
still

mir zeigend
in die Tiefe
ihrer Wunden

vom Zahl
und Ziffernschmerz
der nicht
vergehen will
zählt sie
bei Tag und Nacht
zu allen Stunden
die gingen
und nicht wieder
kehrten heim

sie weinte so

sie würde nie

gesunden

ihr offenes Herz

schlug wild

vor lauter Pein

Es war

als hinkend

du zurückbliebst

an jener Furt

der Namenlosen

von Mitternacht

zur Morgenröte

im Strom

von Osten

sieben Rosen

heraus zu ziehen

sei ein Niemals

ein Nirgends

nie untergegangen

dein Ewiglicht

empor zu halten

Hand dir

und Name

deiner Flammen

Dein

Schatten werfendes

Herz

Gott

lichtet

uns auf

Schlag

um Schlag

erpochst

Du Dir

Einlass

in unser

frühes

Finsterwerden

flutet

ein Gischtkranz

aus Händen

Dich

aus den Wassern

zu ziehen

Wenn

in der Fremde

Du

ein Namenloser Dunkler

aus schwarzen Augen

im Verlies der Nacht

wenn

in der Fremde

mich

ein Wort trifft

wie ein Funke

Dein Morgenrot

Dein Licht

in mir erwacht

wenn

an den Grenzen

mich

ein abgründiger Engel

vernichtend

aus den Kämpfen

hebt empor

die meine Seele

hinkend

vom Bedränger

gesegnet weiterzieht

weil nie

sie Dich verlor

Wie über den

Gemarken

Galiläa

wie über

deine Grenzen

auf sich hebt

ein Losungswort

geschlossen

zu erstarken

der Schlagbaum

aller Völkergrenzen

bebt

Mache dich auf

einander zuzusprechen

Mache dich auf

gemeinsam

unser Licht

der Finsternis

ins Herz

ihrer Verbrechen

den Leuchter stellen
komm
fürchte dich nicht

der Finsternis
in unsern
wunden Höhlen
in unsern
kalten Mauern
anzünde
den Schein
entfache
in den Nischen
unsrer Trauer
den dunklen Docht

zu Dir
führe uns heim

Nicht geh

auf einen

andern Acker

bleib

Fremdlingin

bleib

du bei mir

wir werden

Brot

zusammen backen

einen

Laib

denn mein Gott

brach für dich

und lebt in dir

Ruth Boas *

In dir

in deinem

tiefsten Grund

Verzweiflung

in deinen

Finsternissen

wurzelnd

ausgesät

ein Blümlein

Gnade

aufbricht

dir die Weisung

bleibender Trost

der Nacht

niemals zu spät

in dir

in deinem

tiefsten Grund

ein Keimen

im Schoße

deiner Seele
wunderbar
ein Spross
ein Zweiglein
trank
dein bittres
Weinen
und blüht
und blüht
und blüht
was immer
dir geschah

Und

bis zum Letzten

Zeugnis

abzulegen

wirst Du für uns

wird Deine

Hand

ins Feuer

wirst

mit uns

ins Feuer

gehen

und sprechen

wird Dein Mund uns

unverbrannt

und

bis zum Letzten

Zeugnis

abzulegen

wirst

du und ich

ein kleiner

kleiner Rest

wird Deine Arme

Dir im Feuer heben

den Preis

der Liebe Sieg

uneingeäscht

Wortwabe

deines Überfließens

in Schmerz

getauchter

Honigseim

gelöste Bitternis

zu schließen

den Zeugenbund

Sein Mund zu sein

Und das

Fragezeichen

des Dochts

wagt

zu brennen

glühend

ins Dunkle

hinein

dir den Namen

der Flamme

zu nennen

wo deine Seele

daheim

Schatten

stäbe

Gitter

werfen

Licht

in unser

Ungeborenes

eingekerkert

aufzureißen

durch Vergebung

Unverlorenes

Aus deinen
Klüften
Klagemauer
aus deinen
schwarzen Klüften

zu Ende gehen
Tage der Trauer
aus deinen
schwarzen Grüften

ich sah
ein weißes
Taubenpaar
aus deinen Klüften
steigen
und sah
die Völker
fern und nah
versöhnend
sich verneigen

Nach

der Sintflut

kehrte zurück

auf den Zweig

deines Lebens

der offene Himmel

blaues Gefieder

im Flug

verkündend

dir wieder

heilendes Land

Geschrieben

mir

in offene Wunden

mit Salböl

Qumrans *

Pergamenten

samtener Balsam

eingebunden

den Völkerschmerz

mit Deinen Händen

Wort mir

um Wort

gebrochene Krüge

den Seelenriss

den wüstenschweren

zu schließen

unser Weltgefüge

durch Friedensboten

um zu kehren

Und jetzt

in Sternen

spiegelt Dich

Dein Mond

wie Licht

vom Lichte

siehe

es war gut

und hat

in uns

Dein Spiegelbild

gewohnt

Dein Antlitz

in den Nächten

der Geschichte

Deine

Yom Kippur Hände *

uns Heimgekehrten

reichtest

entgegen Du

Deinen Verlorenen

in unsere Abgründe

hinein

Deinen Verirrten

zogen nach

Deine Hände

unserer Blutspur

unserem Verhängnis

unserem Geschick

unentwirrbare Fäden

Du aber

zogst uns heraus

zogst uns empor

an Deine Wangen

zurück

mischten sich

Deine und unsere

Tränen

Deine und unsere

Hände

versöhnt

Deine Liebe

zu tun

Und als

in Deine Jordantiefen

tauchte

mein Blick

in Deine Augen

sternenschwer

Dein Volk

für uns

gekreuzigt

dass wir glauben

zu glauben lernen

Gott

von wo

wir her

Wie

unter Deinen

Flügeln

bergen

den Traum

des Lebens

Weizen sein

ein Garbenbund

ein Völkersegen

und jedem Fremden

Brot und Wein

Dann

tritt das Weiße

aus den

Zwischenräumen

von Buch

und Stab

und senkt

die Sinne mir

dann liegt

die Schrift

geheiligt

aller Träume

dann träumt

das Wort

der Menschheit

noch von Dir

Aber

den Augentrost

an Pessach *

deine Wimpern

entschlossen

in den Zügen

fort zu ziehen

den Scherbenkelch

gesammelt

aus zu trinken

das Bitterkraut

am Ufer

hin zu knien

an Paul Celan

Das

Immergrün

Gottes

das nicht

aufhört

zu blühen

von Beweis

zu Beweis

Gedächtnis

schwer

auf Deinen Schultern

tragen Dich Namen

trägt Dein Joch

von Morgen her

geweihter Samen

verworfen wurzelnd

grünt Dich

hoch

an den Gott Israels

Dein Fluss *

nie endend

Aufstrom

gegenwärts

wir fließen

und wir fließen

und wir fließen

einander zu

Dein ewig

fließend Herz

mein Gott

Dein Ich

mein Gott

Dein Ich und Du

Begegnung

Ein weißer
Federnflaum
sank mir
ans Fensterkreuz
von deinem
weißen Vöglein her
das zu dir kam
zu segnen
deine Reise

ein schwarzes
Vöglein
aufgeschreckt
aus Zweigen
unseres
Hölderlin Holunders
als ich dein Wort
und meines
hinaustrug
unterm Arm
ans Herz gepresst

und schrieb

an den Kaiser

nach Wien

eine goldene Pawe *

wird für uns ziehn

Yaffa

du und ich

zwei tanzende Vöglein

zu Wien

Als dein Psalm

die Flügel hob

Wort um Wort

unterm Gefieder

Schmerz um Schmerz

zu altem Lob

auf zu heilendem Beginn

sanken deine

Zeugenlieder

in den Nistplatz

meines Sinns

Und

keinen Psalm

mehr

kann ich

lesen

ohne zu denken

Zyklon B *

den

Psalmenrauch

von Deinem Wesen

Gott Deinem Bild

ich steigen seh‘

und

keinen Psalm

mehr

kann ich lesen

ohne

zu sehen

Dein Gewand

das Los

geworfen
zu verwesen
und namenlos
wirst Du
verbrannt

und
keinen Psalm
mehr
kann ich lesen
ohne zu hören
ihren Grund

der Du
alleine Du
gewesen
erhebend Dich
von Mund zu Mund

In unsere

Gaskammern

hineingetrieben

auf euren Lippen

unser Erbe

du sollst

lieben

in unsere Gaskammern

hineingetreten

auf euren Lippen

unser Erbe

Psalmen beten

Du nanntest mir
dein Taubental *
am Wege

gebrochne Zweige
wurzeln
im Geschick
so vieler Völker
Schrei
dass endlich zeige
ein Spross
ein Trieb
ein Mund
den Frieden spricht

du nanntest mir
dein Taubental
am Wege

Und

meine Liebe

schlief

bei dir

unter den Flügeln

schlief

unter Fittichen

im Flaum

von St. Bat Yam *

Heimat um Heimat

dort

am Frühlingshügel

Psalm mich

um Psalm

auf deine

Schwingen nahm

Du lehrtest mich
Ich liebe dich
zu sprechen

du lehrtest mich
Ani ohewet otach *
du lehrtest mich
niemals
den Bund
zu brechen
den unser Gott
auf ewig
zu
uns sprach

du lehrtest mich
Ani ohewet otach

Gott

sprach uns

Orient

Gott

sprach uns

Okzident

Gott

sprach uns

und siehe

wir sind uns

geworden

einander

sehr gut

Um eine
Mistelsonne
reicher
bin ich nun

um einen Garten
goldgetünchter Blätter

um einen Kranz
auf dem
die Lichter ruhen
die Lichter
Israels
Propheten
unsere Retter

um wie viel
Mistelsonnen
reicher
bin ich nun

Auch der Schatten
unsrer Blüten
Yaffa trägt
unentwegtes Licht
uns zu verwandeln
fällt sein Schein
ins Wurzelreich
und schlägt
uns sein Herz
durchziehend
unser Handeln

Die Empörung
über mein
Jahrhundert
lässt und
lässt ab nicht
von mir

der Mensch
ein entsetzliches
Monster
es schämt sich
noch heut
jedes Tier

jede Bestie
krümmt sich
vor Schande
ekelt sich
vor dem Geschlecht
auf zwei Beinen
aufrecht durchs Lande
ziehen wir -
es wird einem schlecht

hoch erhobenen Hauptes

so als sei nie

was geschehen

niemand

Jahrhundert

dir glaubt niemand

was du

gehört und gesehen

Auf Ja und Amen

in unsere
Schatten werfende
Geschichte

aufbäumend
züngelnd
zischend
wie ein
Ewiglicht

Gestalten
priestern auf
mit Lammgesichtern
im Totengräberpelz
uns abzurichten
um loszumorden
wenn der „Heiland"
spricht

Die Menschheit
in Händen
von Irren
Nationen
geknebelt
vom Wahn
machtverseuchte
Verführer
tun was sie
immer getan

gehen
über Millionen
von Leichen
leichenhaft
bieten sich an
Tote
von Rang
ihresgleichen
tun was sie
immer getan
für Ordnung

sorgen
und Rechte
Totenstille
im Land
Verweser
treiben Geschäfte
setzen
das Erdreich
in Brand

ich weiß nicht
warum wir
Geschichte
von Dir
noch niemals
gelernt
von Gott
nichts
von üblem Gezüchte
das uns
entseelt
und entkernt

leidet

das Himmelreich

Gewalt

bis hier

und heute

was ist der Mensch?

von wem

sind wir die Beute?

Ein Herbstwind kam
in meine Blätter
und trug sie
Deutschland
zu dir

dunkle Stämme
gefallene Zeichen
als könnten je
deuten wir
unsere Aschengeschichte
auf weißem Papier

Österreich
Deutschland
als könnten wir
Zweige
wie vieler
Gebrochener sein
Ölblatt
schwer verwundeter Taube

Seder und Abendmahl *

Brot uns

und Wein

Vergebung

versöhnender Glaube

Mein alter Vater

Ibrahim *

dein Bruder

auch dein Bruder

er verbrannte

im Klagemauerhaus

Jerusalem

Wasser

zu holen

auf dem Tempelberg

du ranntest

um Wasser

weil Jerusalem

dir brannte

dein Bruder

und dein Mutter

Vaterhaus

ein abgerissenes

dir dein Koran
verbrannte
deine Tora
du Friedensstadt
genannte

mein alter Vater
Ibrahim
dein Palästina
brannte

du meine
alte Mutter
Israel
du Scheindele
genannte

Der Schatten
der Menorazweige *
krönt
dein Haupt
im Lichtstamm
wurzelnd
leuchterschwer
Arme zu breiten
sei den Finsternissen
dem Völkerdunkel
ein Versöhnungsmeer

aus tiefsten Wunden
unverjährtem Grauen
von Bitterkraut
gezeichnet
seelenleer
ein Wunder löst
ein Morgenrotvertrauen
steigt tröstend
siebenarmig vor uns her

ein Spiegel

Hand und Name

zu erkennen

uns

an den Balken

unserer Augen

blinder Schein

nach Jesus Christus

dürfen wir uns nennen?

wieder

ein Gottes Volk

Israel

mit euch sein?

Zu schützen

wäre

unter Rosen

weidet

der neue

gewaltlose Mensch

den Dorn

ziehend

vom Haupt

seines Bruders

ein Fremdling

wie er

fremdester Schwester

reicht er

verwundet

sein Salböl

in fremdester Sprache

der Liebe

erkennen

die Völker

einander

bereitend

ein Fest

nie mehr

zu töten

die Taube

Hilf

Gott

im Himmel

hilf

uns blind

Geborenen

ein Leben

lang

wir haben

nichts gesehen

getappt

getastet

hingefallen

wir Verlorenen

auf

hilf uns

wieder auf

und lehr uns gehen

zieh

aus der Grube

uns

zieh uns

mit Deinen Händen

zieh uns empor

aus Scheintod

und Verrat

wir wussten nicht

dass so

im Dreck

wir enden

wir wussten nicht

was jeder

von uns tat

Du aber

weißt

um unsere Judasseelen

und dass

als Letzte

wir

Letzte

geschaffen sind

gehörlos
taub
noch keiner
Sprache mächtig
ein vaterloses
mutterloses Kind

Du aber
weißt
Du weißt
um unser Hängen
Du weißt
dass wir
noch nichts
von Dir gelernt
und darum
wieder enden
in den Fängen
Lichtjahre
Gott
von Dir
von Dir
entfernt

Chaim *

zog mit uns

Mose   Elija   Jesus

das Leben zog uns

in den

Taborleuchtergrund

Dein Licht

Gott Israels

nichts

schien uns mehr

vergebens

das Leben

  Yaffa

  Gottes

alter Mund

Im

Abgebrochenen

herzblättrig

unser Blümlein

trieb Wurzeln

über wie viel

Jahre her

blüht jener Tag

zu Wien

zur letzten Synagoge

zündete an

in uns

die Liebe

sag mir -

WER

Ein Wiegenlied
im Zedernwipfel

mein dunkles
Täublein
schmieg dich ein
in letzte Zweige
gurrend niste
im Atem Gottes
Flügel sein

ein Wiegenlied
im Zedernwipfel
wen
so wie dich
ein Himmel zieht
schlummert
und schläft nicht mehr
vertrauend
dem letzten Zweig
dem letzten Lied

Anmerkungen

- Anders als im Band „Scheindele“ benutzt Waltraud Holzer-Mitterhof die von Yaffa Zins bevorzugte Schreibweise ihres Namens Yaffa.

- Die Großschreibung von Du / Dein bezieht sich jeweils auf eine Anrede Gottes.

S. 9 Tscheremosch - Fluss durch Kitov/Kuty, dem Geburtsort von Yaffa Zins, in der heutigen Westukraine gelegen

S. 12 Galizien - Territorium in der Westukraine und in Ostpolen, von 1804 bis 1918 Bestandteil des Kaiserreichs Österreich

S. 25 vgl. das Buch Ruth, Kap. 3-4: Gott hat einen Plan für dich; und Psalm 32,8: Ich will dich unterweisen und dir den Weg zeigen, den du gehen sollst.

S. 35 Qumran - antike, in Ruinen erhaltene Siedlung im Westjordanland nahe des Toten Meeres gelegen, in deren Nähe in elf Felshöhlen in den Jahren 1947 bis 1956 Fragmente altjüdischer Texte aus der Zeit 250 v.Chr. bis 40 n.Chr. gefunden wurden, darunter Teile der ältesten bekannten Bibelhandschrift: das Buch Jesaja, Teile der Psalmen, Teile des Buches Daniel

S. 37 Yom Kippur, der Vesöhnungstag und höchste Festtag im jüdischen Kalender, an dem in der Zeit des Tempels in Jerusalem der Hohe Priester im Allerheiligsten fürbittend für das Volk vor Gott hin trat.

S. 42 Pessach - Fest im jüdischen Kalender, an dem der Auszug aus Ägypten unter der Führung des Mose in der Pharaonenzeit (wird heute etwa auf 1600 v.Chr. datiert) und des Bundesschlusses am Berg Sinai erinnert und gefeiert wird

S. 44 nach dem Spruch eines Krakauer Rabbis: „Das Brot, das in guter Absicht in den Fluss geworfen wird, kommt zu dem Werfenden, gegen den Strom schwimmend, zurück.“ (Quelle unbekannt)

S. 47 Dieses Gedicht beschreibt in mehreren nur Yaffa und Waltraud vertrauten Anspielungen ihre Begegnung in Wien. „Eine goldene Pawe“ ist einer Ballade des jiddischen Dichters Itzig Manger entnommen. Bei einer Begegnung mit dem Kaiser von Wien (Franz-Josef) bittet die goldene Pawe - der goldene Pfau den Kaiser, ihm die Freiheit zu gewähren, in all seinen Ländern die Botschaft der Liebe zu verkünden.
vgl. Gabriele Kohlbaur-Fritz, Itzig Manger - Vagabund und Poet, in: Helmut Kusdat, Cécile Cordon (Hg.), An der Zeiten Ränder - Czernowitz und die Bukowina. Geschichte - Literatur - Verfolgung - Exil, Wien 2002 (Theodor Kramer Gesellschaft), S. 129 - 133

S. 49 Zyklon B - Blausäure-Gas, mit dem in den Gaskammern der nationalsozialistischen Vernichtungslager Millionen von Menschen ermordet wurden

S. 52 Taubental - Das Taubental liegt etwa 10 km westlich des Sees Genezareth, nahe der Stadt Magdala

S. 53 St. Bat Yam - Stadt südlich von Jaffa und Tel Aviv

S. 54 Ani ohewet otach, hebr.: Ich liebe dich

S. 65 Seder und Abendmahl - der Vorabend des Pessachfestes wird Seder oder Sederabend genannt; diesem Tag entspricht die christliche Feier des Gründonnerstag mit dem Letzten Abendmahl Jesu und seiner Jünger.

S. 66 Bezug zu Yaffas Gedicht „Mein Bruder, mein Bruder Ismael“ in „Scheindele“, S. 51; Waltraud Holzer-Mitterhofs palästinensischem Freund Ibrahim gewidmet

S. 68 Menora - siebenarmiger Leuchter, den Mose nach göttlicher Weisung auf dem Berg Sinai für den Mischkan/die Stiftshütte erstellen ließ, vgl. Exodus 25, 31-39, später kultischer Gegenstand im Tempel, jeweils geraubt bei den Zerstörungen des Tempels: 586 v.Chr., 169 v.Chr., 70 n.Chr.

S. 75 Erinnerung an die Galiläareise von Yaffa und Waltraud mit Yaffas Sohn Chaim auf den Berg Tabor, vgl. Mk 9, 2-10: Die Verklärung Jesu auf dem Berg Tabor; rechts und links des Eingangs zur Taborkirche befinden sich heute die Kapellen von Mose und Elija.

Herzlich danke ich
Hildegard Therese Schmitz
von der Edith-Stein-Gesellschaft Deutschland,
meinem Bruder Wilhelm,
meinem Lebensgefährten Dietmar,
meiner Tochter Maria mit Wolfgang,
Dr. Konstantin Kaiser
von der Theodor Kramer Gesellschaft
und meinem Förderer Gunter Tomitza,
die durch ihre Unterstützung und Hilfe
die Herausgabe dieses Bändchens
ermöglicht haben.

Waltraud Holzer-Mitterhof